JN203918

The Anne of Green Gables Cookbook

Charming Recipes from Anne and Her Friends in Avonlea

L.M.モンゴメリの

「赤毛のアン」クックブック

料理で楽しむ物語の世界

The Anne of Green Gables Cookbook

Charming Recipes from Anne and Her Friends in Avonlea

L.M.モンゴメリの

「赤毛のアン」クックブック

料理で楽しむ物語の世界

ケイト・マクドナルド＆L.M.モンゴメリ――著

Kate Macdonald, L.M. Montgomery

岡本千晶――訳

Chiaki Okamoto

原書房

THE ANNE OF GREEN GABLES COOKBOOK
Charming Recipes from Anne and Her Friends in Avonlea
by Kate Macdonald

Originally published in 2017 by Race Point Publishing, an imprint of The Quarto Group.

L.M.モンゴメリの「赤毛のアン」クックブック
料理で楽しむ物語の世界

2018年8月27日　初版第一刷発行

著者
ケイト・マクドナルド＋L.M. モンゴメリ著
訳者
岡本千晶
発行者
成瀬雅人
発行所
株式会社原書房
〒160–0022 東京都新宿区新宿1–25–13
電話・代表03–3354–0685
http://www.harashobo.co.jp
振替・00150–6–151594
ブックデザイン
小沼宏之
カバー印刷
シナノ印刷株式会社

ISBN978-4-562-05495-4
Printed and Bound in China

父と母に捧ぐ

目　次

『赤毛のアン』からのレシピ

『アンの青春』からのレシピ

『アンの幸福』からのレシピ

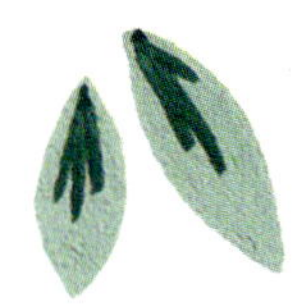

L.M.モンゴメリのキッチンで生まれたレシピ

[訳注]——
* 北米と日本での缶詰や袋詰製品ではオンスとグラムなど内容量や重さの単位が違っていたり、計量カップや計量スプーンの分量が日本とは異なる場合があります。原書のレシピにしたがいながら、日本での一般的な分量に換算したり、きりのよい数字に調整した箇所があります。
*「万能小麦粉」は、日本の中力粉に相当するようです。パン作りには強力粉、お菓子作りには薄力粉を用い、振るってだまをとりのぞくとよいでしょう。
*「エキストラクト」(バニラ、アーモンド、オレンジ)はアルコール抽出の液体香料。エッセンスで代用する場合、濃度が高いので分量は数滴ですみます。
*「モラセス」はサトウキビの汁を煮詰めて精製した糖蜜。手に入らない場合は黒蜜で代用できます。
*「ユーコン・ゴールド・ポテト」は北米でよく使われるじゃがいもの一種。メークインで代用できます。
* 訳注は本文中に[　]で示しました。

はじめに

マリラの言うとおり、キッチンで油断は禁物です。アンはマリラの言うことを守り、やがて料理上手になりました。みなさんもなれますよ。レシピをよく読み、書かれている手順に従えば、自分や友達や家族のためにおいしいごちそうを作ることができるでしょう。

まずは気を引き締めて、料理を始める前のアドバイスとして、次のことを心に留めておいてください。

- 前もって家のおとなの人たちに相談し、さしつかえのない時間にキッチンを使うようにしましょう。
- 使い方をまちがえると危険な調理器具もあります。使い方がわからないときは、家族や経験者に手伝ってもらうか、アドバイスをもらいましょう。
- 作り始める前にレシピを2～3回読み、これからすべきことをよく理解しておいてください。わからないことがある場合は遠慮なくわかる人に聞きましょう。
- 料理を始める前に必ず手を洗いましょう。

さあ、心の準備はできましたね。器具や道具、材料はすべて、料理を始める前にそろえておくとよいでしょう。そうすれば、途中で手を止めて探し物をしなくてすみます。

15～16ページに料理に役立つヒントと料理用語の解説がありますし、レシピはすべて簡単に作れるようにアレンジしてあります。レシピどおりに作りさえすれば、料理上手になるための秘訣などありません。わたしも自分で作ってみましたので、どれもうまく作れることはわかっています。おいしいものばかりですから、みなさんもきっとおいしく作れますよ。

1985年にこのレシピ集のもととなる本がはじめて出版されたとき、わたしにはまだ子どもがいませんでした。今は、おいしいものを作ってあげることでどれほど大きな喜びが得られるか、前よりもはっきりと理解しています。最初の本で紹介したレシピは、『赤毛のアン』シリーズのなかでも、とくに『赤毛のアン』、『アンの青春』、『アンの幸福』からヒントを得たものでした。本書ではそれらのレシピとあわせて、11の新しいレシピを紹介しています。前述の3冊からヒントを得たレシピもあれば、L.M.モンゴメリのキッチンで実際に作られていたレシピもあります。L.M.モンゴメリはわたしの祖母で、祖母は料理が大好きでした。わたしはみなさんが簡単に作れるよう、祖母のレシピをアレンジしました。

また、祖母は家族のために料理をすることを楽しんでいました。わたしの父スチュアートによれば、料理の腕は見事だったとか。執筆が忙しくないときは、夫のユーアンや、ふたりの息子スチュアートとチェスターのためにおいしいごちそうを作ってふるまうことを心から楽しんでいたそうです。

安全に料理をするために覚えておくべきヒントをいくつかご紹介しましょう。

- 野菜の皮むき器(ピーラー)やナイフを使うときは、手を切らないように、必ず体から遠ざけるように刃を動かす。
- ソースパン[深めの片手なべ]を使うときは、ぶつかって、あつあつのなべの中身をひっくり返してしまわないように、取っ手をコンロの奥のほうへ向けておく。
- そして加熱が終わったら、必ずコンロの火を止める。

最後に、キッチンを自由に使わせてもらいたいと思うなら、使ったものは必ずもとの場所にきちんと戻しておくこと。自分のしていることが見えるくらい調理台はつねにきれいにしておきましょう！　何かこぼしたら、そのつどふき取ってください。調理中のものが仕上がるのを待つあいだに使い終わった皿を洗っておくとよいでしょう。そうすれば、最後に片づけものがどっさり残ってしまったという事態にはなりません。父からよく言われたものです。「片づけながらやりなさい、ケイティ、片づけながやること」。これらのアドバイスやヒントを心に留め、マリラの言葉を忘れずにいれば、みなさんもいずれアンのように料理上手になれるでしょう。そして、この先ずっと、楽しみながら友達や家族を喜ばせることができるでしょう。

では　ど　う　ぞ　召　し　上　が　れ　！(ボナペティ)

料理に役立つヒント

準備

- レシピを２〜３回読む。
- すべての材料と器具をそろえます。特別な用具を必要とするレシピもあり、その場合、▶**必要な器具**としてリストアップしてあります。
- 手を洗い、調理台を清潔に整理整頓しておきましょう。
- 野菜やくだものは使う前にしっかり洗っておきましょう。
- わからないことがあれば、おとなに聞いておきましょう。

卵

卵を加える：どのレシピでも、卵を加える場合は、最初に別のボウルに割り入れておきます。そうすれば、万が一殻が入ってしまっても簡単に取り除くことができ、料理やお菓子に混ざってしまったという事態を防げます！

卵白と卵黄を分ける：卵白と卵黄を分けるには、小さめのボウルをふたつ使います。まずどちらかのボウルの縁で卵を割ります。殻を引き離すようにふたつに分けたら、一方の殻に卵黄だけを入れ、滴る卵白はそのままひとつめのボウルの中に垂らします。それから卵黄をもう一方の殻へ移し、残りの卵白を同じボウルに垂らします。最後に卵黄をふたつめのボウルに入れます。

フロスティング

レイヤー・ケーキにフロスティングを塗るときは必ず、下の段になるケーキを逆さにし、表面が下を向くように置いてください。その状態で下の段にフロスティングを塗ったら、上の段になるケーキを、表面を上にして重ねます。こうすれば上下の合わさる面がともに平らになるため、上の段がすべり落ちることがありません！

計量

バターやショートニング：空気のすき間がなくなるまで、計量カップもしくは計量スプーンにしっかり押しつけてください。

ブラウンシュガー：乾いた計量カップもしくは計量スプーンに押しつけるようにしっかり詰めてください。

小麦粉などの粉類：乾いた計量カップや計量スプーンに軽く山盛りにしてから、パレットナイフなどで平らにならします。

液体材料：液体用計量カップを使うときは、カップをカウンターに置き、必要な分量の目盛りまで液体を注ぎます。目の高さが目盛りと水平になるまで体をかがめ、正しく計れているかどうか確認しましょう。

焼き上がりのチェック

ケーキの焼き具合をチェックするには、中心に竹串を刺します。竹串を抜いて先端に何もついてこなければ焼き上がっています。生地がつく場合はオーブンの扉を閉めて５分焼き足し、もう一度チェックしましょう。

料　理　用　語

沸騰させる

泡がふつふつと浮かんでくるまでコンロで液体を高温で熱します。

クリーム状にする

バターもしくはショートニングに砂糖を加え、クリームのようになめらかになるまでハンドミキサーでよくかき混ぜます。

切り込む

粉類を合わせたものにバターもしくはショートニングを加え、パイブレンダー、もしくはナイフを2本使って、レシピに書かれた大きさになるまで刻んでいきます。

粉をふる

型に油脂を塗って粉をふる場合、少し多めにふりかけ、型を揺らして表面全体が粉で覆われるようにします。それから余分な粉をふり落としてください。

切るように混ぜる

ケーキ種などにゴムべらをそっと刺し、ボウルの底に沿って円を描くように生地をすくい上げます。ボウルを回して同じ動作を繰り返し、材料を少しずつ混ぜ合わせていきます。

おろす

おろし器の穴に材料をこすりつけ、細かくしたり細長い小片にしたりします。

油を塗る

焼き型やオーブン皿に油を塗るには、ペーパータオルやワックスペーパーでバターを少量取り、型や皿の内側全体にこすりつけます。

こねる、練る

手のひらの付け根を生地に当てます。生地を手前から向こうへ押し延ばします。生地を半分に折りたたんで再び手のひらを押しつけ、1回押すごとに生地を90度回転させながら、全体をこねていきます。

ポーチする

沸騰直前の温度を保った湯などで加熱します。

予熱する

オーブンに点火し、レシピに書かれた温度に設定します。材料を焼く前に庫内を指定の温度まで上げておきましょう。

ふるいにかける

粉類は、ふるいに通して固まりを取りのぞき、それから必要な分量を計ります。

ことこと煮る

材料を沸騰しない程度の温度で加熱します。泡がいくつかゆっくり浮かんできて、表面に上がる前に消える状態。

蒸す

沸かした湯の上で、台に食べ物をのせ、なべのふたを閉めて調理します。

『赤毛のアン』からのレシピ

Recipes from Anne of Green Gables

ぷっくりふくれたアップル・ダンプリング

✣**準備**：30分✣**総所要時間**：1時間10分✣**材料**：6個分

「並木道」(中略)は長さ四、五百ヤードで、何年か前に、ある風変わりな農夫が植えた巨大なりんごの木が、ぎっしりと枝々をさしかわして立ちならんでいた。頭上には香りたかい、雪のような花が長い天蓋のようにつづいていた。(中略)
「あそこを並木道なんて呼んじゃいけないわ。(中略)ええと――『歓喜の白路』はどうかしら?」

――**アン・シャーリー、第2章**

[『赤毛のアン』(村岡花子訳、新潮文庫)より訳文引用]

✣材料

生地

万能小麦粉……1½カップ(180g)、それ以外に打ち粉用を適量
ベーキングパウダー……小さじ3
塩……小さじ½
バター……大さじ5(75g)
乳脂肪2%の牛乳……½カップ(120ml)

フィリング

りんご……小ぶりのもの6個、皮をむいて芯を取り、スライスしておく
砂糖……小さじ6、それ以外にふりかける分を適量
バター……小さじ1½、それ以外に散らす分を適量
粉末シナモン……ふりかける分を適量

1. オーブンを200度に予熱する。
2. **生地を作る**：小麦粉、ベーキングパウダー、塩をふるいにかけ、中くらいのボウルに入れる。
3. バターが粉にまんべんなく散らばるまで指で混ぜ込んでいく。牛乳を加え、やわらかい生地を作る。
4. 軽く打ち粉をしたのし台か調理台に生地を移す。打ち粉をしためん棒で生地を6mm程度の厚さに延ばし、6等分する。
5. **フィリングを作る**：6等分したそれぞれの生地の中央にスライスしたりんごを適量、固めるように置き、砂糖小さじ1、バター小さじ¼をのせる。
6. 指先に水をつけて生地のへりを湿らせ、りんごのフィリングを包む。油を塗っていない天板にダンプリングを並べる。
7. それぞれにシナモンと砂糖をふり、バターを散らす。
8. オーブンで40分、きつね色になるまで焼く。オーブンミトンを使って天板を取り出し、ケーキクーラー(網)にのせる。
9. あつあつのうちにテーブルへ。「ふんわりクリーミーなバニラアイスクリーム」(26ページ)や「キャラメル・プディングソース」(40ページ)を添えて召し上がれ。

チョコレート・キャラメル

✣**準備**：45分✣**総所要時間**：2時間15分（冷ます時間を含む）✣**材料**：10個分

「二年前に一度チョコレート・キャラメルを一つ食べたけれど、何ともいえなくおいしかったわ。それからはよく、たくさんのチョコレート・キャラメルを持った夢を見るけれど、ちょうど、食べようとすると、いつも目がさめてしまうの」

――**アン・シャーリー、第3章**

［『赤毛のアン』（村岡花子訳、新潮文庫）より訳文引用］

✣材料

無塩バター……1カップ（240g）、それ以外に型に塗る分を適量
セミスイート・チョコレート……85g
コンデンスミルク……1¼カップ（380g）
コーンシロップ……¼カップ（80g）
ブラウンシュガー……しっかり詰めて2¼カップ（495g）

▸必要な器具

- 20×20cmの焼き型

このレシピはかなりの忍耐を要しますが、それだけの価値があります！

1. 20×20cmの焼き型にバターを塗っておく。
2. バター、チョコレート、コンデンスミルク、コーンシロップ、ブラウンシュガーを大きな厚手のソースパンに入れ、木べらで混ぜる。
3. ソースパンを中火にかけ、沸騰してくるまで加熱。チョコレートを完全に溶かす。
4. 火を弱めの中火に落とし、木べらでつねにかき混ぜながら軽く沸騰している状態を保ち、30分煮詰める。焦げつきやすいので、手を止めないことが重要。
5. どろっとしてくるまで煮詰めたら、焼き型に流し込み、ケーキクーラーにのせる。
6. 1時間半ほどかけて完全に冷ましてから、キャラメルを2cm角に切り分ける。

おひさま色のコーンスフレ

✣**準備**：20分✣**総所要時間**：1時間✣**材料**：4〜6人分

「ゆうべはまるでこの世界が荒野のような気がしましたわ。けさはこんなに日が照っていてほんとにうれしいわ」

——**アン・シャーリー、第4章**

[『赤毛のアン』(村岡花子訳、新潮文庫)より訳文引用]

✣材料

バター……¼カップ(60g)、それ以外に皿に塗る分を適量
万能小麦粉……¼カップ(30g)
牛乳……⅔カップ(160ml)
おろしたチェダーチーズ……½カップ(60g)
みじん切りにしたピーマン……大さじ1(10g)
缶詰のトウモロコシ(粒)……310g(11オンス)、水気を切っておく
卵……3個

▸必要な器具

- 小さめのキャセロールもしくはオーブン皿
- ハンドミキサー

1. オーブンを150度に予熱する。小さめのキャセロールにバターを塗っておく。

2. バターと小麦粉を中くらいのソースパンに入れる。なべを弱火にかけ、小麦粉がバターになじむまでかき混ぜる。牛乳を加え、引き続きかき混ぜながら加熱する。ソースにとろみがついてきたら火を止め、おろしたチーズ、ピーマン、トウモロコシを加えて混ぜ合わせ、なべをわきに置いておく。

3. 卵を割り、卵白と卵黄に分けて、それぞれ小さめのボウルに入れる。卵黄は2のソースに混ぜる。

4. 卵白はやわらかい角が立つまでハンドミキサーで泡立てる。それをソースに切るように混ぜ合わせる。

5. バターを塗ったキャセロールに混ぜ合わせたソースを移す。

6. ソースがカスタード状になるまで30〜40分焼く。オーブンミトンを使って皿を取り出す。

7. 焼きたてを食卓へ。

ふんわりクリーミーなバニラアイスクリーム

✣**準備**：50分✣**総所要時間**：3時間50分（冷凍時間を含む）✣**材料**：4～6人分

「あたし、一度もアイスクリームって食べたことがないのよ。どんなものかダイアナは説明しようとするんだけれど、アイスクリームって、どうも想像以上のものらしいわ」

――**アン・シャーリー、第13章**

［『赤毛のアン』（村岡花子訳、新潮文庫）より訳文引用］

✣材料

脂肪分35％の生クリーム……2カップ（475ml）
粉ゼラチン……小さじ2
冷水……¼カップ（60ml）
乳脂肪2％の牛乳もしくは全脂牛乳……1カップ（235ml）
砂糖……½カップ（100g）
コーンシロップ……大さじ3（65g）
万能小麦粉……小さじ1
塩……ひとつまみ
卵……大きめのもの1個
ピュア・バニラエキストラクト……大さじ1（15ml）

▸必要な器具

- ハンドミキサー
- 湯せんなべ

とてもクリーミーで軽い舌ざわりのアイスクリームです。

1. 生クリーム、ハンドミキサー、大きめのボウルを冷蔵庫で冷やしておく。

2. 湯せんなべの下のなべに5cmほど水を張り、沸騰させる。

3. 湯せんなべの上のなべに粉ゼラチンと水を入れる。火にはかけずに、ゼラチンを5分間ふやかす。

4. 小さめのソースパンに牛乳を入れ、弱めの中火にかける。なべのふちが泡立ってきたら、火を止める。

5. ゼラチンが入っている3のなべに4で温めた牛乳、砂糖、コーンシロップ、小麦粉、塩を加え、湯が沸騰している2のなべにのせる。

6. とろみがつくまで約15分、木べらをつねに動かしながら材料をかき混ぜる。

7. 湯せんなべにふたをし、熱湯の上でさらに10分加熱する。

8. そのあいだに卵を割り、卵白と卵黄に分けて、それぞれ小さめのボウルに入れる。卵白はあとで使うのでとっておく。

9. フォークで卵黄を軽く溶きほぐす。7の加熱で10分経ったら、湯せんなべの上のなべに卵黄をかき混ぜながら加えていく。かき混ぜながらさらに1分加熱する。

10. 9のアイスクリーム液をこし器に通し、大きめのボウル(冷えていないもの)に入れる。

11. アイスクリーム液が室温まで冷めたら、ハンドミキサーで約5分、液が軽くなめらかになるまでかき混ぜる。

12. 1で冷やしておいたボウルとハンドミキサーで、同じく冷やしておいた生クリームを泡立てる。目安はクリームが大きな固まりになって落ち、やわらかい角が立つまで。

13. ハンドミキサーのビーターをお湯できれいに洗い、8で分けておいた卵白を固く、つやが出てくるまで泡立てる。ただし泡立てすぎてぼそぼそにならないように注意する。

14. ゴムべらを使って、まずホイップしたクリームを、次に泡立てた卵白をそっとていねいにアイスクリーム液に切るように混ぜ込んでいく。バニラエキストラクトも静かに加え、かき混ぜる。

15. 混ぜ合わせたものをスプーンで金属のボウルやなべに移し、冷凍庫に入れる。固まるまで3～4時間冷やす。

16. そのまま食べても、「ぷっくりふくれたアップル・ダンプリング」(21ページ)に添えてもオーケー(20ページの写真参照)。

「それからアイスクリームを食べたの。アイスクリームって言語を絶したものだわ、マリラ。まったく崇高なものね」

――**アン・シャーリー、第14章**

[『赤毛のアン』(村岡花子訳、新潮文庫)より訳文引用]

食欲をかき立てるラズベリータルト

✣**準備**：50分✣**総所要時間**：1時間30分（冷ます時間を含む）✣**材料**：12個分

アヴォンリーの学校の女の子たちは、いつもお弁当を分けあうことになっており、きいちごのパイ三個を一人で食べてしまったり、またはいちばんの仲よしだけと分けあってさえも「おっそろしいけちんぼ」という烙印を永遠におされてしまうのである。しかし、そうは言っても十人に分けてしまえば、自分の分のパイはみたされぬ食欲をいたずらにかきたてるぐらいの役にしかたたないほどわずかになってしまう。

——**第15章**

［『赤毛のアン』（村岡花子訳、新潮文庫）より訳文引用］

✣**材料**

タルト生地

万能小麦粉……1カップ（120g）
砂糖……大さじ1（13g）
塩……小さじ¼
冷たいバター……大さじ6（90g）
卵……大きめのもの1個
水……大さじ1（15ml）
レモン汁……大さじ1（15ml）

1. オーブンを220度に予熱する。

2. **タルト生地を作る**：小麦粉、砂糖、塩を大きめのボウルに入れて混ぜ合わせる。そこへ冷たいバターを加え、生地が豆粒状になるまでパイブレンダーで切り込んでいく。

3. 卵を割り、卵白と卵黄に分けて、それぞれ小さめのボウルに入れる。卵黄に水とレモン汁を加え、フォークで混ぜる（卵白は不要。別のレシピで活用する）。

4. 2の生地に3の卵黄を散らすようにかけ、ボウルの中で生地がまとまるまでフォークでかき混ぜる。

5. ボウルから生地を少量、指でつまみ、タルト型の底と側面に3mm程度の厚さになるよう均一に押しつける。タルトカップを冷蔵庫で冷やし、そのあいだにフィリングを作る。

6. **フィリングを作る**：小さめのソースパンにコーンスターチと水を入れる。木べらでなめらかになるまで混ぜ合わせたら、砂糖も加えてかき混ぜる。そこへ解凍したラズベリーを加え、弱めの中火で10～15分、とろみがつくまで煮る。フィリングを冷ます。

7. スプーンでラズベリー・フィリングをすくい、5のタルトカップひとつひとつに均等に詰めていく。量はカップの⅔程度まで。

☞次のページに続く

フィリング

コーンスターチ……大さじ3(22g)

水……¼カップ(60ml)

砂糖……¾カップ(150g)

無糖の冷凍ラズベリー……1袋(284g)を解凍しておく。

あるいは生のラズベリー……2⅓カップ(285g)

▸必要な器具

直径7.5cmのタルト型12個、もしくは12個取りのマフィン型

8. タルトを10分焼き、オーブンの温度を180度に下げてさらに15分、きつね色になるまで焼く。

9. オーブンミトンを使って型を取り出し、ケーキクーラーにのせる。15分冷まし、型からそっとタルトをはずす。

ギルバートの大急ぎの夕食

✣**準備**：10分 ✣**総所要時間**：50分（マッシュポテトを作る時間を含む）✣**材料**：4人分

「あんたのギルバート・プライスはたしかにすてきだと思うわ」アンはダイアナにそっと言った。「でもとてもずうずうしいと思うわ。知らない女の子に目くばせするなんて失礼よ」

——アン・シャーリー、第15章

［『赤毛のアン』（村岡花子訳、新潮文庫）より訳文引用］

✣材料

バター……大さじ3（45g）
万能小麦粉……¼カップ（30g）
乳脂肪2％の牛乳……2½カップ（600ml）
塩……小さじ½
黒こしょう……好みで
冷凍グリーンピース……1カップ（150g）
缶詰のサーモンもしくはツナ……200g、汁気を切っておく
マッシュポテト……食べるときに添える（レシピは92ページの「レイチェル・リンドのノースショア・フィッシュケーキ」を参照）
刻んだパセリ……トッピング用（好みで）

1. 中ぐらいのソースパンにバターを入れて中火で溶かし、小麦粉を加える。粉がすべて混ざったら牛乳を加える。

2. 塩、黒こしょう、冷凍グリーンピースを加え、とろみがつくまで煮る。

3. サーモンを加え、身をほぐす。サーモンが温まったら火を止める。

4. マッシュポテトを添え、好みでパセリをトッピングして食卓へ。

マリタイムのジンジャースナップ

準備:1時間 **総所要時間**:1時間30分 **材料**:約48枚

「古い茶色の茶道具を出してきなさい。だが、さくらんぼの砂糖づけのはいっているあの小さな黄色いつぼをあけていいよ。どっちにしろ、もう、いいころだ——味がしみてきたと思うよ。それから果物入りのケーキを切ったり、クッキーや、しょうが入りビスケットも食べていいんだよ」

——マリラ・クスバート、第16章

[『赤毛のアン』(村岡花子訳、新潮文庫)より訳文引用]

材料

砂糖……½カップ(100g)
モラセス……½カップ(170g)
植物性ショートニング……¼カップ(48g)
万能小麦粉……1½カップ(180g)
ベーキングパウダー……小さじ¼
粉末ショウガ……小さじ2
粉末シナモン……小さじ1
粉末クローブ……小さじ1
塩……小さじ¼

1. オーブンの中段にラックをセットし、190度に予熱する。天板にクッキングシートを敷く。
2. 小ぶりのソースパンに砂糖、モラセス、ショートニングを入れる。木べらでかき混ぜながら中火にかけ、沸騰してきたらすぐになべを火から下ろし、冷ます。
3. 大きめのボウルに小麦粉、ベーキングパウダー、ショウガ、シナモン、クローブ、塩を入れて混ぜ合わせる。
4. 2の中身が冷めたら3のボウルに加え、よく混ぜ合わせる。その生地を冷蔵庫で10分ほど冷やす。
5. 生地を直径2.5cm程度に小さく丸め、5cm間隔で天板に並べる。小さめのコップ、もしくは指で、丸めた生地をつぶして延ばす。
6. カリッとなるまで6〜8分焼く。焦げやすいので注意して見ていること。
7. オーブンミトンを使って天板を取り出し、ケーキクーラーにのせる。5分冷ましたら、パレットナイフを使ってジンジャースナップを天板からはずす。

ダイアナ・バーリーお気に入りのラズベリー・コーディアル

✣**準備**：40分✣**総所要時間**：2時間（冷やす時間を含む）✣**材料**：4～6杯分

ダイアナはコップになみなみとつぎ、その美しい赤い色を感心してながめてから、上品にすすった。

——**第16章**

［『赤毛のアン』（村岡花子訳、新潮文庫より訳文引用］

✣材料

無糖の冷凍ラズベリー……2袋（1袋284g）
砂糖……1¼カップ（250g）
レモン……3個、半分に切っておく
水……4カップ（950ml）

このレシピで作るラズベリー・コーディアル［いちご水／木苺ジュース］なら、「葡萄酒を作る腕前ではアヴォンリーでも有名だった」マリラの「手製の三年たった葡萄酒」とまちがえることはないでしょう。

1. 大きめのソースパンにラズベリーを凍ったまま入れ、砂糖を加える。
2. なべを中火にかけ、つねにかき混ぜながら砂糖が完全に溶けるまで20～25分煮る。
3. ポテトマッシャーでラズベリーをつぶし、よく混ぜる。
4. 3をこし器に通し、果汁を完全に絞りきる。こし器に残った果肉は捨てる。
5. レモン2個分の果汁を絞り、ラズベリー液に加える。
6. 湯を沸かし、熱湯をラズベリー液に加える。
7. 6を冷まし、粗熱が取れてから冷蔵庫で冷やす。
8. 冷えたコーディアルをグラスに注ぎ、残りのレモンをスライスして浮かべる。

マリラのプラムプディング

✣**準備**：40分✣**総所要時間**：4時間（冷ます時間を含む）✣**材料**：6～8人分

「ダイアナ、まあ、そのプディング・ソースの中にねずみが一匹おぼれ死んでるじゃないの。まったく身の毛がよだったわ。察してちょうだいよ」

——**アン・シャーリー、第16章**

［『赤毛のアン』（村岡花子訳、新潮文庫）より訳文引用］

✣材料

プラムプディング

バター……½カップ（120g）、それ以外に型に塗る分を適量
砂糖……½カップ（100g）、それ以外に型にまぶす分を適量
レーズン……½カップ（75g）
カラント……½カップ（75g）
万能小麦粉……1カップ（120g）、それ以外にレーズン類にまぶす分を適量
生パン粉……½カップ（75g）
ベーキングパウダー……小さじ½
塩……小さじ½
粉末シナモン……小さじ½
粉末ナツメグ……小さじ½
刻んだクルミ……¼カップ（40g）
牛乳……½カップ（120ml）
卵……大きめのもの1個
モラセス……¼カップ（85g）
熱湯……適量

1. **プラムプディングを作る**：プディング型もしくはボウルにバターを塗り、砂糖を少量まぶす。その際、型を揺らし、内側全体が砂糖で覆われるようにする。

2. レーズンとカラントをナイフで刻み、少量の小麦粉をまぶしておく。

3. 小麦粉1カップ（120g）、砂糖½カップ（100g）、パン粉、ベーキングパウダー、塩、シナモン、ナツメグを大きめのボウルに入れ、木べらで混ぜる。

4. パイブレンダーでバターを切り込み、生地を粗いパン粉状にする。刻んだレーズン、カラント、クルミを生地に加え、木べらで混ぜ合わせる。

5. 小ぶりのソースパンに牛乳を入れ、弱火にかける。なべのふちが小さく泡立ってきたら火を止める。

6. 小さめのボウルに卵を割り入れてから、フルーツと小麦粉を混ぜ合わせた生地に加える。牛乳とモラセスも加え、木べらで全体をよく混ぜ合わせる。

7. スプーンを使ってプディング型もしくは容量1Lのボウルに生地を流し込む。アルミホイルを2枚重ね、プディングに触れる面にバターを塗って型にふたをする。ふたにひもをかけ、しっかり結ぶ。

☞次のページに続く

キャラメル・プディングソース

ブラウンシュガー……しっかり詰めて½カップ(115g)
小麦粉……大さじ1½(12g)
塩……ひとつまみ
熱湯……1カップ(235ml)
バニラエキストラクト……小さじ½
バター……大さじ1(15g)

▶必要な器具

- プディング型もしくは容量1Lのボウル
- ひも
- キャニング・ラックもしくはメイソンジャー用のリング[蒸し器の蒸し台などで代用]

8. 大きめのなべの中にキャニング・ラックもしくはメイソンジャー用のリングをセットし、ふたをしたプディングを置く。なべのわきから、型の半分の高さまで熱湯を慎重に注ぐ。なべを火にかけ、沸騰したら、火を弱めの中火に落とし、なべにふたをする(加熱中、必要に応じて熱湯を足す)。

9. プディングを3時間蒸す。プディングの中心に(ホイルの上から)竹串を刺し、先端に何もついてこなければ蒸し上がっている。生地がついてくるようなら、あと15分蒸し、再びチェックする。

10. オーブンを低温で予熱する。プディングが蒸し上がったら、オーブンミトンを使ってなべから取り出す。アルミホイルを取り、そのまま10分待つ。大皿をオーブンで温める。

11. 型を逆さまにし、温めた大皿にプディングを出す。

12. **キャラメル・プディングソースを作る:**小ぶりのソースパンにブラウンシュガー、小麦粉、塩を入れて混ぜ合わせる。少しずつ熱湯を注ぎ、木べらでかき混ぜる。なべを弱火にかけ、とろみがついてなめらかになるまで約5分かき混ぜる。

13. ソースにとろみがついたら、なべを火から下ろす。バターとバニラエキストラクトを加えてかき混ぜ、バターを完全に溶かす。

14. 「マリラのプラムプディング」に温かいソースをかける。ソースが残ったら—アンのように—うっかりふたを閉め忘れてはだめですよ。

チョコレート・ゴブリンズフードケーキ

✣**準備**：1時間✣**総所要時間**：3時間（冷ましてフロスティングを塗る時間を含む）✣**材料**：6〜8人分

「あたし、レヤー・ケーキのことを考えると体が冷たくなってしまうわ。おおダイアナ、もしうまくできなかったら、どうしようかしら、ゆうべ、大きなレヤー・ケーキの頭をしたおそろしい鬼（ゴブリン）に追いかけまわされた夢を見たのよ」

——**アン・シャーリー、第21章**

［『赤毛のアン』（村岡花子訳、新潮文庫）より訳文引用］

✣材料

チョコレート・ゴブリンズフードケーキ

バター……3/4カップ（180g）を溶かしておく、それ以外に型に塗る分を適量

ふるった万能小麦粉……1 3/4カップ（190g）、それ以外に型にまぶす分を適量

水……1カップ（235ml）

無糖チョコレート……113g（4オンス）

ベーキングソーダ（重曹）……小さじ1 1/2

ベーキングパウダー……小さじ1/2

塩……小さじ1

グラニュー糖……1 1/2カップ（300g）

脂肪分2%の牛乳……1カップ（235ml）

卵……大きめのもの3個

ピュア・バニラエキストラクト……小さじ1

1. ケーキが中段に来るようオーブンのラックをセットし、180度に予熱する。直径23cmのケーキ型2個にバターを塗り、小麦粉をまぶしておく。

2. **ケーキを作る：**小さめのソースパンで湯を沸かす。金属もしくは耐熱性の小さなボウルを熱湯にのせ、チョコレートを入れる。火を弱火にし、チョコレートを溶かす。ボウルを火から下ろし、そのまま冷ます。湯せんなべを使ってもよい。44ページの手順11を参照。

3. ふるった小麦粉、ベーキングソーダ、ベーキングパウダー、塩、グラニュー糖を大きめのボウルに入れ、木べらで混ぜ合わせる。

4. 溶かしたチョコレート、牛乳、溶かしたバターを3に加える。木べらで混ぜ合わせ、そのあと、ハンドミキサーで1分間よくかき混ぜる。

5. 小さめのボウルに卵を割り入れる。卵とバニラエキストラクトを4に加え、ボウルの側面についた生地をゴムべらでこすり落としながら、ハンドミキサーでさらに3分、よくかき混ぜる。

6. 2個のケーキ型に生地を均等に分けて注ぎ、オーブンで30〜35分焼く。

☞次のページに続く

チョコレートファッジ・フロスティング

セミスイート・チョコレートチップ……2カップ(360g)
植物性ショートニング……¼カップ(48g)
粉砂糖……2½カップ(320g)
牛乳……¼カップ(60ml)

▸必要な器具

- 直径23cmのケーキ型2個
- ハンドミキサー
- ケーキクーラー2個
- 湯せんなべ(あれば)

7. 竹串を刺してケーキの焼き具合をチェックする。焼き上がっていたら、オーブンミトンを使ってケーキをオーブンから取り出し、型に入れたまま10分冷ます。

8. 型の側面に沿ってパレットナイフをすべらせるように動かし、ケーキとのあいだにすき間を作る。

9. 片方の型をケーキクーラーに置く。型の上に2個目のケーキクーラーを重ね、上下のケーキクーラーで型を挟んでひっくり返す。これでケーキの底が上になった状態に。型をそっとはずし、ケーキを皿に移す。もうひとつのケーキも同じように型からはずす。

10. フロスティングを塗る前に、2枚のケーキを完全に冷ましておく。

11. **フロスティングを作る：**湯せんなべの下のなべに水を5cm張り、煮立たせる。上のなべにチョコレートチップと植物性ショートニングを入れる。それを沸かした湯の上に置き、チョコレートとショートニングを溶かしていく。湯せんなべがない場合は、ソースパンと、金属もしくは耐熱性のボウルを使ってもよい。43ページの手順2を参照。

12. 粉砂糖を少しずつ加え、木べらでかき混ぜる。牛乳を加えたら、上のなべを火から下ろす。

13. 12にとろみがついてクリーム状になるまでハンドミキサーで5分ほどかき混ぜる。

14. パレットナイフを使って2段のケーキのあいだにフロスティングの約⅓を塗り、残りは上面と、好みで側面にも塗る。ときどきお湯でパレットナイフを洗いながら塗ると、塗りやすくなる。フロスティングを塗るときのヒントは15ページを参照。

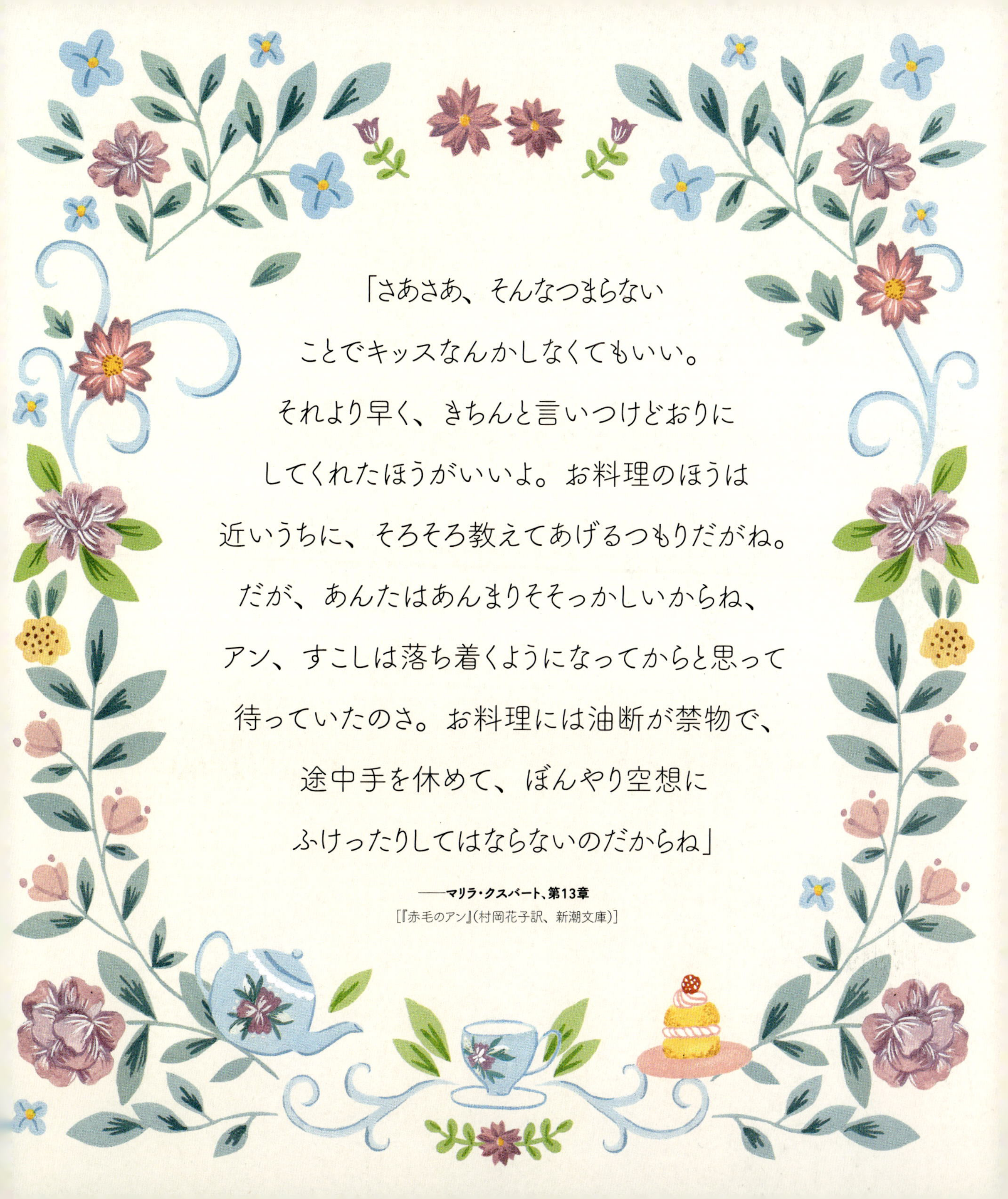

「さあさあ、そんなつまらない
ことでキッスなんかしなくてもいい。
それより早く、きちんと言いつけどおりに
してくれたほうがいいよ。お料理のほうは
近いうちに、そろそろ教えてあげるつもりだがね。
だが、あんたはあんまりそそっかしいからね、
アン、すこしは落ち着くようになってからと思って
待っていたのさ。お料理には油断が禁物で、
途中手を休めて、ぼんやり空想に
ふけったりしてはならないのだからね」

――マリラ・クスバート、第13章

[『赤毛のアン』(村岡花子訳、新潮文庫)]

アンの塗り薬ケーキ

✣**準備**：30分✣**総所要時間**：2時間30 分（冷ましてフロスティングをする時間を含む）✣**材料**：6〜8人分

「あれまあ、アン。あんたはこのお菓子の香料に痛みどめの塗り薬をつかったんだよ。先週、あたしが薬びんをこわしてしまったもんで、残りの薬を古いヴァニラのあきびんに移しておいたんだよ。これはあたしもわるかった——前もってあんたに注意しとかなきゃいけなかったんだよ——けれどいったいどうして匂いをかいでみなかったのかえ？」

——**マリラ・クスバート、第21章**

［『赤毛のアン』（村岡花子訳、新潮文庫）より訳文引用］

✣材料

塗り薬ケーキ

バター……½カップ（120g）を溶かしておく、それ以外に型に塗る分を適量

万能小麦粉……ふるったものを2カップ（220g）、それ以外に型にまぶす分を適量

ベーキングパウダー……大さじ1

塩……ひとつまみ

グラニュー糖……1¼カップ（250g）

脂肪分2%の牛乳……1カップ（235ml）

卵……大きめのもの3個

ピュア・バニラエキストラクト……小さじ2

アンが本当に作りたかったケーキをご紹介します。必ずバニラエキストラクトを使ってくださいね。痛みどめの塗り薬はだめですよ！

1. ケーキが中段に来るようオーブンのラックをセットし、180度に予熱する。直径23cmのケーキ型2個にバターを塗り、小麦粉をまぶしておく。
2. **ケーキを作る**：小麦粉、ベーキングパウダー、塩、砂糖を大きめのボウルに入れ、混ぜ合わせる。
3. 溶かしたバター、牛乳を2に加え、木べらで混ぜ合わせる。
4. 3をハンドミキサーで1分間よくかき混ぜる。
5. 小さめのボウルに卵を割り入れる。卵とバニラエキストラクトを4に加え、ボウルの側面についた生地をゴムべらでこすり落としながら、ハンドミキサーでさらに3分よくかき混ぜる。
6. 2個のケーキ型に生地を均等に分けて注ぎ、オーブンで25〜30分焼く。
7. 竹串を刺してケーキの焼き具合をチェックする。焼き上がっていたら、オーブンミトンを使ってケーキをオーブンから取り出し、型に入れたまま10分冷ます。
8. 型の側面に沿ってパレットナイフをすべらせるように動かし、ケーキとのあいだにすき間を作る。

☞次のページに続く

クリーミー・バター・フロスティング

無塩バター……1カップ(240g)、室温に戻しておく
粉砂糖……3カップ(360g)
塩……小さじ1/8
ピュア・バニラエキストラクト……小さじ1½
脂肪分40%以上の生クリーム……大さじ3(45ml)
食紅……2〜3滴(好みで)

▶**必要な器具**

- 直径23cmのケーキ型2個
- ハンドミキサー
- ケーキクーラー2個

9. 片方の型をケーキクーラーに置く。型の上に2個目のケーキクーラーを重ね、上下のケーキクーラーで型を挟んでひっくり返す。これでケーキの底が上になった状態に。型をそっとはずし、ケーキを皿に移す。もう片方のケーキも同じように型からはずす。

10. クリーミー・バター・フロスティングを塗る前に、2枚のケーキを完全に冷ましておく。

11. **フロスティングを作る**：室温に戻してたバターをハンドミキサーでクリーム状にする。

12. 粉砂糖を少しずつ加え、全量を混ぜ合わせる。

13. 塩、バニラエキストラクト、生クリーム、食紅を12に混ぜ合わせる。フロスティングにつやが出てくるまで、低速のハンドミキサーで10分、しっかりかき混ぜる。

14. パレットナイフを使って2段のケーキのあいだにフロスティングの約1/3を塗り、残りの2/3は上面と側面にも塗る。フロスティングを塗るときのヒントは15ページを参照。

「マリラ、明日がまだ何ひとつ
失敗をしない新しい日だと思うと
うれしくない？」

——アン・シャーリー、第21章

［『赤毛のアン』（村岡花子訳、新潮文庫）より訳文引用］

ミス・ステイシーのベイクド・マカロニ

✣**準備**：40分✣**総所要時間**：1時間10分✣**材料**：主菜としてなら2人分✣副菜としてなら4人分

「あたし、心からミス・ステイシーを愛してるわ、マリラ。そりゃあ、しとやかで、声もとてもきれいなんですもの。あたしの名前を呼ぶにしても、おわりにeの字をつけて発音したってことはぴんと感じたわ」

——アン・シャーリー、第24章

[『赤毛のアン』(村岡花子訳、新潮文庫)より訳文引用]

✣材料

バター……大さじ1(15g)、それ以外に皿に塗る分を適量
エルボマカロニ……1カップ(105g)
万能小麦粉……大さじ1(8g)
乳脂肪2%の牛乳……1カップ(235ml)
おろしたチェダーチーズ……1カップ(120g)を分けておく
塩……小さじ½
黒こしょう……好みで
粉末パプリカ……小さじ¼

▸必要な器具

- 小さめのキャセロールもしくはオーブン皿

1. オーブンを180度に予熱する。キャセロールにバターを塗る。
2. 中くらいのソースパンに水と塩を入れて沸騰させる。マカロニを加え、やわらかくなるまでゆでる。ゆでたマカロニはざるにあけて冷水で洗っておく。
3. 中くらいの別のソースパンを中火にかけてバターを溶かし、小麦粉を加える。粉が混ざったら牛乳を加える。
4. おろしたチーズのうち¾カップ(90g)を3に加え、かき混ぜながらチーズを溶かす。さらにかき混ぜながら塩、黒こしょう、パプリカを加え、火を止める。
5. バターを塗ったキャセロールにゆでたマカロニを入れ、4のチーズソースも加えて混ぜ合わせる。
6. 残りのチーズ¼カップ(30g)をトッピングし、オーブンで30分焼く。焼き上がったら、オーブンミトンを使って皿を取り出す。
7. 焼きたてを食卓へ。

ルビー色のアフタヌーン・ティービスケット

✣**準備**：35分✣**総所要時間**：50分✣**材料**：12個分

レイチェル夫人とマリラがいい気持で客間にすわっている間に、アンはお茶をいれ、熱いビスケットをこしらえたが、そのビスケットがいかにもふんわりと、真っ白にできあがっていたのには、さすがのレイチェル夫人も感心したほどだった。

――**第30章**

［『赤毛のアン』（村岡花子訳、新潮文庫）より訳文引用］

✣材料

万能小麦粉……ふるったものを2カップ（220g）、それ以外に調理台とめん棒の打ち粉用に適量
ベーキングパウダー……小さじ4
砂糖……大さじ2（26g）
塩……小さじ½
植物性ショートニング……½カップ（95g）
牛乳……¾カップ（180ml）
赤いジャムもしくはゼリー……½カップ（160g）

▸必要な器具

- めん棒
- ビスケット用の丸い抜き型（大小ひとつずつ）

1. オーブンを220度に予熱する。

2. ふるった小麦粉、ベーキングパウダー、砂糖、塩を大きめのボウルに入れ、フォークで混ぜ合わせる。

3. パイブレンダーでショートニングを切り込み、生地を粗いパン粉状にする。

4. 牛乳を加え、フォークで粉と混ぜ合わせながら、生地をやわらかいボール状にまとめる。

5. 軽く打ち粉をした台に4でまとめた生地を置き、12回こねる。

6. めん棒に粉をこすりつけ、生地を6mm程度の厚さに延ばす。

7. 大きいほうの抜き型で、なるべくすき間なく生地を抜いていく。抜き型はひねらず、まっすぐ下に押すこと。

8. 丸く抜いた生地のうち半分をパレットナイフではずし、油を塗っていない天板に2.5cm間隔で並べる。

9. 残りの半分は、小さいほうの型で中を抜き、リング状にする。抜いた部分をパレットナイフではずし、よけておく（これを利用して小さいプレーンビスケットを焼いてもよい）。

☞次のページに続く

10. 天板に並べた丸い生地の上に9のリングをパレットナイフで重ねる。

11. 各リングの真ん中にジャムもしくはゼリーを小さじ1ずつ入れる。

12. 生地がふくらみ、うっすら黄金色になるまで12～15分焼く。

13. オーブンミトンを使って天板を取り出したら、すぐにパレットナイフでビスケットを天板からはずす。

14. ビスケットは温かいままでも冷めてから食べてもよい。

ホワイト・サンド風スカロップト・トマト

✣**準備**：20分✣**総所要時間**：50分✣**材料**：6〜8人分

アンはホワイト・サンド・ホテルの音楽会に行くために着かえているのだった。（中略）アンがすぐ口癖に言ったように、今夜はアンの生涯を画するもので、アンは快い興奮を覚えた。

——**第33章**

［『赤毛のアン』（村岡花子訳、新潮文庫）より訳文引用］

✣材料

バター……大さじ3（45g）、それ以外に焼き型に塗る分、最後に散らす分を適量
生パン粉……1カップ（60g）
塩……小さじ1
黒こしょう……好みで
すりおろした玉ねぎ……大さじ1（10g）
砂糖……大さじ1（13g）
トマト……大きめのもの6個

▸必要な器具

- 23×33cmの焼き型

1. オーブンを180度に予熱する。23×33cmの焼き型にバターを塗っておく。
2. 電子レンジで使える中くらいの耐熱ボウルにバターを入れ、電子レンジで溶かす。そこへ生パン粉、塩、黒こしょう、すりおろした玉ねぎ、砂糖を加え、よく混ぜ合わせる。
3. トマトを厚さ13mm程度にスライスする。
4. バターを塗った焼き型の底に2の1/3ほどの量を敷き詰める。
5. 4に3のトマトを重ね、さらに2の1/3、トマトの順に重ねていき、最後に2の残り1/3をトッピングする。
6. バターを小さくちぎって表面に散らす。
7. オーブンで30分、表面がうっすら黄金色になるまで焼く。オーブンミトンを使って焼き型を取り出す。
8. 焼きたてを食卓へ。

マシュウ・クスバートのおいしいビスケット・サンドイッチ

✣**準備**:25分✣**総所要時間**:45分✣**材料**:8個分

「おお、アン、わたしはあんたにはたいそう厳しくして、きつくあたってきたかもしれないね。だからといって、マシュウほどはあんたのことを愛してはいなかっただなんて思わないでおくれよ」

——**マリラ・クスバート、第37章**

[『赤毛のアン』(村岡花子訳、新潮文庫)より訳文引用]

✣材料

万能小麦粉……2カップ(240g)、それ以外に打ち粉用を適量
ベーキングパウダー……小さじ4
塩……小さじ1
植物性ショートニング……大さじ3(36g)
脂肪分2%の牛乳……¾カップ(180ml)
バター……ビスケットに塗る分を適量
レタス……8枚
トマト……大きめのもの2個をスライスしておく
ベーコン……8切れを炒めておく
調味料……キャヴェンディッシュ・ケチャップ(98ページ)、マヨネーズ、マスタードなどを適量

1. オーブンを230度に予熱する。
2. 小麦粉、ベーキングパウダー、塩を合わせてふるいにかけ、大きめのボウルに入れる。
3. 2にショートニングを指でもみ込むんでいく。粉全体に行き渡ったら、牛乳を加えてかき混ぜる。
4. 打ち粉をしたのし台、もしくは調理台に3の生地をのせる。めん棒にも打ち粉をし、生地を2.5cm程度の厚さに延ばす。
5. 大きめのグラスの縁で生地を8つに切り分け、油を塗っていない天板に2.5cm間隔で並べる。
6. こんがりきつね色になるまで12～15分焼く。焼き上がったらオーブンミトンを使って天板を取り出す。
7. 熱いうちにビスケットを半分に割り、それぞれにバターを塗る。
8. レタス1枚、トマト2切れ、ベーコン1切れを片方のビスケットにのせ、もう片方でサンドする。
9. キャヴェンディッシュ・ケチャップなど好みの調味料を添えて熱いうちに食卓へ。

『アンの青春』からのレシピ

Recipes from Anne of Avonlea

デイビーとドーラのおさるの顔クッキー

✣**準備**：25分✣**総所要時間**：45分✣**材料**：クッキー24個分

「まあ、あのマシュウがアンをつれてきたときに、みんながマリラが子供を育てるのかなんて言って笑ったのが、ついきのうのような気がするのにねえ。それがこんどは双生児をひきとるというんだから。人間なんて死ぬまでわからないものですよ」

——**レイチェル・リンド夫人、第8章**

［『アンの青春』（村岡花子訳、新潮文庫）より訳文引用］

✣材料

バター……¼カップ（60g）、それ以外にマフィン型に塗る分を適量
砂糖……½カップ（100g）
卵……大きめのもの1個を溶きほぐしておく
モラセス……½カップ（170g）
ベーキングソーダ（重曹）……小さじ1
万能小麦粉……1½カップ（180g）
粉末シナモン……小さじ½
粉末クローブ……小さじ½
塩……小さじ⅛
レーズン……飾り用に適量

▸必要な器具

- 24個取りのミニ・マフィン型
- ハンドミキサー

1. 天板が中段に来るようオーブンのラックをセットし、190度に予熱する。24個取りのミニ・マフィン型にバターを塗っておく。
2. 大きめのボウルにバターと砂糖を入れ、ハンドミキサーでクリーム状になるまでかき混ぜる。溶きほぐしておいた卵も加え、混ぜ合わせる。
3. 小ぶりのボウルにモラセスを入れ、ゴムべらでベーキングソーダを混ぜ込む。これを2のボウルに加える。
4. 小麦粉、シナモン、クローブ、塩をふるいにかけて大きめの別のボウルに入れる。
5. 3で合わせた材料に4の粉類を少しずつ加え、ハンドミキサーでよく混ぜ合わせる。
6. バターを塗ったマフィン型に5の生地をスプーン1杯ずつ落としていく。
7. レーズンで目鼻をつける。
8. オーブンで15～18分焼く。焼き上がったらオーブンミトンを使ってマフィン型を取り出し、そのまま数分置いて冷ます。粗熱が取れたら型からはずし、ケーキクーラーにのせる。こうすると、クッキーの底が湿気をおびずにすむ。

詩的なエッグサラダ・サンドイッチ

✣**準備**：50分✣**総所要時間**：75分✣**材料**：8個分

少女たちは木の根にすわり、アンのご馳走を十二分に賞味した。新鮮な空気と、運動でとぎすまされた健康な食欲のため、詩的でないサンドイッチまで、おおいに歓迎された。

――**第13章**

[『アンの青春』(村岡花子訳、新潮文庫)より訳文引用]

✣材料

卵……大きめのもの4個
セロリ……1本、茎の部分をみじん切りにしておく
マヨネーズ……大さじ3(45g)
塩……小さじ½
黒こしょう……ひとつまみ
バター……¼カップ(60g)、室温に戻しておく
ドライミントかドライパセリ……大さじ2
焼きたてのパン……8枚

1. 小さめのソースパンに卵を入れ、(卵から2.5cm以上)かぶるくらい水を注ぐ。なべを火にかけ、沸騰させる。
2. 沸騰したら火を止め、なべにふたをしてそのまま置いておく。25分経ったらふたを取り、流水で卵を10分冷やす。
3. 卵の殻をむき、みじん切りにしたセロリと一緒に小さめのボウルに入れる。フォークで卵をつぶしながら混ぜ合わせる。
4. 3のボウルにマヨネーズ、塩、黒こしょうを加えて混ぜ合わせる。卵サラダを冷蔵庫に入れる。
5. 室温に戻したバターとドライミントもしくはドライパセリを小さめのボウルで混ぜ合わせる。
6. パンの片面に5のハーブバターを塗る。そのうち4枚に卵サラダを塗りつけ、ハーブバターを塗った残りのパンを重ねる。
7. サンドイッチを斜めに2等分する。

オールドファッション・レモネード

✣**準備**：20分✣**総所要時間**：50分（冷やす時間を含む）✣**材料**：レモネードシロップ3½カップ（820ml）分

アンは客のためにコップとレモン水を持ってきたが、自分では、樺（かば）の樹皮でつくった茶碗でつめたい小川の水を飲んだ。茶碗は洩（も）り、小川の水は春にありがちの泥の味がしたが、アンはこういうおりには、レモン水よりずっとふさわしいと思った。

――**第13章**

［『アンの青春』（村岡花子訳、新潮文庫）より訳文引用］

✣材料

砂糖……1½カップ（250g）
水……1½カップ（350ml）
レモンの皮……細かくすりおろしたもの1個分
レモン汁……1½カップ（350ml）
グレナデンシロップ……½カップ（120g）（好みで）
角氷……適量
スライスしたレモン……適量
生のミントの葉……適量（好みで）

1. 大きめのソースパンに砂糖、水、すりおろしたレモンの皮を入れる。
2. 木べらでつねにかき混ぜながら1を沸騰させる。5分煮たらなべを火から下ろし、液体を冷ます。
3. 2のなべにレモン汁を加える。
4. 3のレモネードシロップを広口ビン（容量1L）に入れ、しっかりふたをする。（ピンク・レモネードにする場合はグレナデンシロップを入れ、ビンをふる）シロップは冷蔵庫で2～3週間保存できる。
5. 飲むときはグラスに氷を2個ずつ入れてレモネードシロップを¼カップ（60ml）注ぎ、¾カップ（180ml）の水で割ってかき混ぜる。
6. スライスしたレモンを浮かべ、好みで生のミントの葉を添える。

とてもおいしいレタスサラダ

✣**準備**：50分✣**総所要時間**：50分✣**材料**：4人分

「ねえ、アン、あたしにもお料理を手伝わせてくださらない？　ほら、あたし、とてもレタスサラダが上手でしょう？」

――**ダイアナ・バーリー、第16章**

［『アンの青春』（村岡花子訳、新潮文庫）より訳文引用］

✣材料

サウザンドアイランド・ドレッシング

卵……大きめのもの1個
マヨネーズ……1カップ（240g）
乳脂肪2%の牛乳……¼カップ（60g）
ケチャップ……大さじ2（30g）
緑色の刻みピクルス……大さじ2（30g）
みじん切りにしたピーマン……大さじ1（10g）
乾燥玉ねぎフレーク……大さじ1

とてもおいしいサラダ

セロリ……2本、茎の部分を一口大に切る
ピーマン……小さめのもの1個を一口大に切る
きゅうり……½本を一口大に切る
トマト……小さめのもの2個を一口大に切る
マッシュルーム……薄切りにしたもの½カップ（50g）
レタス……小ぶりのもの1個、葉をはがしておく
ロメインレタス……小ぶりのもの½個、葉をはがしておく
ほうれん草……大きめの葉12枚、茎は取り除く［水にさらし、あく抜きをするとよいでしょう］

1. **サウザンドアイランド・ドレッシングを作る**：小さめのソースパンに卵を入れ、（卵から2.5cm以上）かぶるくらい水を注ぐ。なべを火にかけ、沸騰させる。

2. 沸騰したら火を止め、なべにふたをしてそのまま置いておく。25分経ったら、ふたを取り、流水で冷やし、殻をむく。

3. 固ゆでにした卵を小さめのボウルに入れ、フォークでつぶす。マヨネーズ、牛乳、ケチャック、刻みピクルス、ピーマン、乾燥玉ねぎフレークを加え、木べらでよくかき混ぜておく。

4. **とてもおいしいサラダを作る**：大きめのボウルにセロリ、ピーマン、きゅうり、トマト、マッシュルームを入れる。

5. レタスとロメインレタスを一口大にちぎる。4のボウルに加え、両手でよく混ぜ合わせる。手はきれいに洗っておくこと！

6. サービングボウルのふちから葉先がのぞくようにほうれん草を並べ、混ぜ合わせた5のサラダを中央に盛りつける。

7. 個々のボウルにサラダを取り分け、サウザンドアイランド・ドレッシングをかける。

ソースたっぷりチキン

✣**準備**:30分✣**総所要時間**:1時間30分✣**材料**:4〜6人分

それから少女たちがいさんで台所へいくと、かまどからはおいしそうな匂いがいっぱいにみなぎり、鶏はすでに気持ちよく、ジュウジュウ焼けていた。

——**第17章**

[『アンの青春』(村岡花子訳、新潮文庫)より訳文引用]

✣材料

鶏肉……1kg、食べやすい大きさに切り分けておく
バター……大さじ1(15g)
玉ねぎ……小ぶりのもの1個、みじん切りにする
にんにく……ひとかけ、みじん切りにする
ケチャップ……¼カップ(60g)
ホワイトビネガー……¼カップ(60ml)
レモン汁……大さじ2(30ml)
ウスターソース……大さじ1(15ml)
ブラウンシュガー……しっかり詰めて小さじ2(30g)
塩……小さじ1

▸必要な器具

- 23×33cmのオーブン皿
- ハンドミキサー

このチキンはグリルで調理してもおいしくできます!

1. オーブンを190度に予熱する。
2. 鶏肉は、大きな脂肪の塊を取り除き、23×33cmのオーブン皿に並べて40分焼く。
3. 鶏肉を焼いているあいだに、小さめのソースパンにバターを溶かして玉ねぎとにんにくを加え、弱火で約5分、玉ねぎが透きとおるまで炒める。
4. ケチャップ、ビネガー、レモン汁、ウスターソース、ブラウンシュガー、塩を加え、木べらで混ぜ合わせる。
5. ソースを煮立て、ふつふつと沸いてきたら火を弱めて10分煮詰め、火を止める。
6. オーブンミトンを使ってオーブン皿を取り出し、ソースの半量を鶏肉にかける。皿をオーブンに戻し、10分焼く。
7. オーブン皿を再び取り出す。トングで鶏肉をひっくり返し、残りのソースをかけてさらに10分焼く。
8. 焼きたてを食卓へ。好みで「とてもおいしいレタスサラダ」(69ページ)を添える。

とろりとクリーミーな野菜スープ

✣**準備**：50分✣**総所要時間**：1時間40分✣**材料**：4〜6杯分

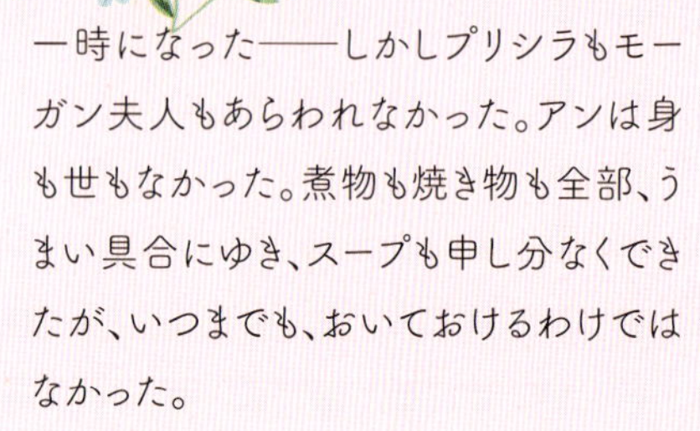

一時になった——しかしプリシラもモーガン夫人もあらわれなかった。アンは身も世もなかった。煮物も焼き物も全部、うまい具合にゆき、スープも申し分なくできたが、いつまでも、おいておけるわけではなかった。

——**第17章**

[『アンの青春』(村岡花子訳、新潮文庫)より訳文引用]

✣材料

バター……大さじ2(30g)
玉ねぎ……小さめのもの2個、みじん切りにする
セロリ……大きめのもの2本、茎の部分をみじん切りにする
缶詰のカットトマト……汁気を切って1カップ(180g)、あるいは小ぶりのトマト3個を角切りにする
塩……小さじ1
黒こしょう……ひとつまみ
ドライバジル……小さじ1
ドライパセリ……大さじ1
チキンブイヨン……2カップ(475ml)、もしくはチキンキューブ2個＋熱湯2カップ(475ml)
にんじん……中くらいのもの2本、皮をむいてさいの目に切る
じゃがいも……大きめのもの1個、もしくは小さめのもの2個、皮をむいてさいの目に切る
冷凍グリーンピース……½カップ(75g)
乳脂肪2%の牛乳……2½カップ(600ml)
青ねぎ……1本、トッピング用に刻んでおく

▸必要な器具

- ミキサー

1. 大きめのソースパンにバター、みじん切りにした玉ねぎとセロリを入れ、弱火で5〜7分、野菜がしんなりするまで炒める。

2. 大きめのボウルにトマトを入れる。塩、黒こしょう、バジル、パセリを加え、木べらでトマトを軽くつぶしておく。

3. 1の玉ねぎとセロリがしんなりしたら、チキンブイヨンを加える。さらに、にんじん、じゃがいも、グリーンピース、2のトマトを加え、木べらで混ぜ合わせる。

4. スープを火にかける。沸騰したら中火にし、ことこと15分ほど煮る。

5. スープを大きめのボウルに移す。半量をミキサーに入れ、なめらかなピューレ状になるまで低速で混ぜ合わせる。それをなべに戻し、残りの半量も同じようにピューレ状にしてなべに戻す。スープに牛乳を加え、混ぜ合わせる。

6. 中火にかけ、牛乳が温まるまで7分ほど加熱する。沸騰はさせないこと。

7. スープを盛りつけ、青ねぎを散らす。

カウカンバ・ボート

✣**準備**：30分✣**総所要時間**：1時間✣**材料**：6個分

「さぞくたびれて、お腹もすきなすったでしょう。お茶でもあがってくださいな。でもね、パンとバターときゅうり（カウカンバ）しかないんですよ」

――**ミス・セーラ・コップ、第18章**

［『アンの青春』（村岡花子訳、新潮文庫）より訳文引用］

✣材料

水……3カップ（700ml）
塩……ひとつまみ＋小さじ½を分けておく
エルボマカロニ……⅓カップ（35g）
ツナの缶詰……200g、汁気を切っておく
にんじん……中くらいのもの1本、皮をむいてすりおろす
セロリ……中くらいのもの1本、茎の部分をみじん切りにする
マヨネーズ……⅓カップ（80g）
レモン汁……大さじ2（30ml）
黒こしょう……ひとつまみ
きゅうり……中くらいのもの3本
パセリのみじん切り……トッピング用に（好みで）大さじ1（4g）

その昔、きゅうり（cucumber）は「カウカンバ」（cowcumber）と呼ばれていました。おそらく古いフランス語の言葉「coucombre」を英語風にそう発音していたからでしょう。

1. 小さめのソースパンに水と塩をひとつまみ入れ、沸騰させる。エルボマカロニを少しずつ加え、やわらかくなるまで8〜10分ゆでる。マカロニをざるにあげて湯を切り、中くらいのボウルに移す。

2. マカロニのボウルにツナを加え、にんじんとセロリも加える。

3. 2にマヨネーズ、レモン汁、塩小さじ½、黒こしょうを加え、フォークで混ぜ合わせておく。

4. 野菜用のピーラーできゅうりの皮をむき、両端を切り落とす。きゅうりを縦半分に切り、大きめのスプーンで種と水っぽい果肉をかき出す。

5. ボート状になったきゅうりにツナの和え物を詰める。

6. 好みでパセリを散らす。

ミセス・アービングのおいしいショートブレッド

✣**準備**：45分✣**総所要時間**：1時間30分✣**材料**：36個分

「もちろん、おやつまでいてあげますよ。先生はね、よんでもらいたくてたまらなかったのよ。いつか、ここで、あなたのお祖母さんのおいしいバター・クッキーをご馳走になってからずうっと、あれをもっと食べたくてたまらなかったのよ」

――**アン・シャーリー、第19章**

[『アンの青春』(村岡花子訳、新潮文庫)より訳文引用]

✣材料

バター……1カップ(240g)、室温に戻しておく

粉砂糖……½カップ(60g)

万能小麦粉……2カップ(240g)、それ以外に打ち粉用を適量

塩……ひとつまみ

ベーキングパウダー……小さじ¼

グラニュー糖……表面に散らす分を適量

▸必要な器具

- ハンドミキサー
- めん棒
- クッキー型

1. オーブンを180度に予熱する。
2. 大きめのボウルにバターを入れ、ハンドミキサーでクリーム状にし、やわらかくふんわりしてくるまでかき混ぜる。粉砂糖を少しずつ加え、なめらかになるまでかくはんする。
3. 中くらいのボウルに小麦粉、塩、ベーキングパウダーを入れ、フォークでよくかき混ぜる。
4. 2のボウルに3の粉類を加え、しっかり混ぜ合わせる。
5. 軽く打ち粉をしたのし台もしくは調理台に生地をのせる。めん棒にも打ち粉をし、生地を6mm程度の厚さに延ばす。
6. 好みのクッキー型で生地を抜いていく。残った生地を再び丸めて延ばし、型抜きをし、生地を使い切るまでこの作業を繰り返す。
7. 型抜きした生地をパレットナイフで持ち上げ、油を塗っていない天板に1〜1.5cmほどの間隔で並べていく。各生地にフォークを2回ずつ刺して穴を開け、グラニュー糖をまぶす。
8. 縁がきつね色になるまで15〜20分、オーブンで焼く。
9. オーブンミトンを使って天板を取り出し、パレットナイフでショートブレッドをすぐに皿へ移す。温かいままでも冷めてから食べてもオーケー。

クリーミーなバタースコッチ・プディング

✣**準備**：30分✣**総所要時間**：1時間30分（冷やす時間を含む）✣**材料**：4〜6個分

「プディングばっかり食べていられるんならいいな。どうしていけないの、おばちゃん？」
——**デイビー・キース、第27章**
［『アンの青春』（村岡花子訳、新潮文库）より訳文引用］

✣材料

卵……2個
ブラウンシュガー……しっかり詰めて1カップ（225g）
コーンスターチ……大さじ2（15g）
塩……小さじ¼
牛乳……2カップ（475ml）
バター……大さじ2（30g）
バニラエキストラクト……小さじ1
ホイップクリーム……食べるときに（好みで）

1. 小さめのボウルを2個用意し、卵を割って卵白と卵黄に分ける。卵黄はフォークで溶きほぐしておく。（卵白は不要。別のレシピで活用する）
2. 中くらいのソースパンにブラウンシュガー、コーンスターチ、塩を入れて混ぜ合わせる。木べらでかき混ぜながら牛乳を少しずつ加えていく。
3. 2のなべを中火にかけ、かき混ぜながら10〜15分加熱する。中身が泡立ちどろっとしてきたら、かき混ぜながらさらに2分加熱し、なべを火から下ろす。
4. 3のなべから計量カップでプディング液を1杯分すくい、1で溶きほぐしておいた卵黄にゆっくり加えながらかき混ぜる。大きめのソースパンに残りのプディング液と温まった卵黄液を移し、かき混ぜる。なべを中火にかけ、つねにかき混ぜながらさらに2分加熱する。
5. 火を止め、バターとバニラエキストラクトを加える。バターが溶けるまで木べらでかき混ぜる。
6. 5のプディング液をサービングボウルに注ぐ。膜が張るのを防ぐため、熱いプディング液の表面をラップで慎重に覆い、冷蔵庫で約1時間冷やす。
7. 食べごろに冷えたらラップをはずし、プディングをすくって小ぶりの器に盛る。好みでホイップクリームをトッピングする。

『アンの幸福』からのレシピ

Recipes from Anne of Windy Poplars

ミス・エレンのパウンドケーキ

✣**準備**：15分✣**総所要時間**：1時間30分✣**材料**：13×23cmのパウンド型で1個分

「セーラさんが持っているパウンド・ケーキの分量書きを手に入れたいのだけれど」と、チャティおばさんが溜息をつきました。「あの人は何度も約束はするけれど、ちっとも貸してくれないのですよ。それは古くから英国の家につたわる作り方でしてね。あの人たちは自分のところの分量をなかなか人におしえないのですよ」

——**最初の一年、2章**

［『アンの幸福』（村岡花子訳、新潮文庫）より訳文引用］

✣材料

バター……1カップ（240g）を室温に戻しておく、それ以外に型に塗る分を適量

万能小麦粉……1¾カップ（210g）、それ以外に打ち粉用を適量

グラニュー糖……1¼カップ（250g）

卵……大きめのもの6個

バニラエキストラクト……小さじ1

塩……小さじ½

▸必要な器具

- 13×23cmのパウンド型
- ハンドミキサー

「パウンドケーキ」と呼ばれるのは、すべての材料を1ポンド（パウンド）ずつ使用するからです。このレシピでは実際に作りやすい分量を使用します。

1. オーブンを170度に予熱する。13×23cmのパウンド型にバターを塗り、小麦粉をふっておく。
2. 大きめのボウルにバターを入れ、ハンドミキサーでなめらかなクリーム状になるまでかき混ぜる。グラニュー糖を少しずつ加え、バターが軽くふんわりしてくるまで泡立てる。
3. 卵を1個ずつ加え、1個加えるごとによくかくはんする。バニラエキストラクトも加えて混ぜ合わせる。
4. 小麦粉と塩を加え、木べらでしっかり混ぜ合わせる。
5. 生地をパウンド型に流し込む。パレットナイフで表面をならし、オーブンで75～90分焼く。
6. 竹串を刺し、まだ焼き上がっていなければ15分焼き足し、もう一度チェックする。オーブンミトンを使って型を取り出し、そのまま10分冷ます。
7. 型の側面に沿ってパレットナイフをすべらせるように動かし、ケーキとのあいだにすき間を作る。ケーキクーラーの上でケーキを逆さまにし、型を持ち上げてそっとはずす。ケーキを完全に冷ます。
8. パン切りナイフで薄く切り分ける。

ココナッツマコロン

✣**準備**：15分✣**総所要時間**：1時間15分（冷ます時間を含む）✣**材料**：18個分

「いいえ、ケイト、お茶はもう結構ですよ……そうですね、マコロンを一ついただきましょうかね。これなら胃にもたれませんからね。けれど、食べ過ぎたのではないかと心配ですよ」

——**従妹アーネスティン・ビューグル、第二年目、8章**

［『アンの幸福』（村岡花子訳、新潮文庫）より訳文引用］

✣**材料**

卵……大きめのもの3個、室温に戻しておく

クリームオブターター（酒石酸）……小さじ¼

粉砂糖……¾カップ（90g）

加糖ココナッツ・シュレッド……2カップ（190g）

アーモンドエキストラクト……小さじ½

▸**必要な器具**

- ハンドミキサー

1. オーブンを150度に予熱する。天板にクッキングシートもしくはシリコン製のベーキングマットを敷く。
2. 卵を割って卵黄と卵白に分け、卵黄は小さめのボウル、卵白は大きめのボウルに入れる。ハンドミキサーで卵白がふわっと泡立つまでかき混ぜる。クリームオブターターを加え、卵白の角が立ち、つやが出てくるまでしっかり泡立てる。ただし泡立てすぎてぼそぼそにならないように注意する。（卵黄は不要。別のレシピで活用する）
3. 泡立てた卵白に、粉砂糖、ココナッツ、アーモンドエキストラクトをゴムべらで切るように混ぜ込む。決してかき混ぜないこと。
4. 1で準備しておいた天板に、3の生地を小さじで1杯ずつ、2.5cm間隔で落としていく。オーブンで30〜35分、表面が乾くまで焼く。
5. オーブンミトンを使って天板を取り出す。ふきんを湿らせ、調理台に広げる。クッキングシートごとマコロンを持ち上げ、ふきんにのせる。完全に冷めてからマコロンをはがし、皿に盛る。

オレンジ・エンゼルケーキ

✣**準備**：35分 ✣**総所要時間**：2時間30分（冷まして、グレーズをかける時間を含む）✣**材料**：直径25cmのケーキ1個分

「きょうで一週間レベッカ・デューはあたしの好きなお料理をぜんぶ作ってくれました——鶏卵を十個も奮発してエンゼルケーキを二度もこしらえてくれました——そして、『客用の陶器』を使ってくれます」

——アン・シャーリー、第三年目、14章

［『アンの幸福』（村岡花子訳、新潮文庫）より訳文引用］

✣材料

エンゼルケーキ

万能小麦粉……1カップ（120g）
粉砂糖……½カップ（60g）
塩……小さじ1
卵……10〜11個、室温に戻しておく
バニラエキストラクト……小さじ1
オレンジエキストラクト……小さじ1
オレンジの皮……すりおろしたもの、大さじ1（6g）
クリームオブターター（酒石酸）……小さじ1½
グラニュー糖……1カップ（200g）

1. ケーキが下段に来るようラックをセットし、オーブンを180度に予熱する。

2. **ケーキを作る**：ワックスペーパーの上で小麦粉をふるう。ふるった粉を1カップ分（110g）取り出し、もう一度ふるいに入れ、粉砂糖と塩も合わせて別のワックスペーパーの上でふるう。さらに4回ふるいにかける。

3. 卵を割って卵黄と卵白に分け、卵黄は小さめのボウル、卵白は中くらいのボウルに入れる。卵白のほうに卵黄が混じらないように注意すること（卵黄は不要。別のレシピで活用する）。卵白を1½カップ（365g）分、取り分け、大きめのボウルに入れる。そこへバニラエキストラクト、オレンジエキストラクト、すりおろしたオレンジの皮を加える。

4. ハンドミキサーで卵白を泡立てる。ふんわりふくらんできたらクリームオブターターを加え、泡がしっかりしてつやが出てくるまでさらに泡立てる。

5. グラニュー糖を大さじ2ずつ加えながら、卵白がボウルの側面にくっつき、ピンと角が立つまで泡立てを続ける。ただし泡立てすぎてぼそぼそにならないように注意する。

6. 2でふるっておいた粉類を少しずつ加え、ゴムベらで切るように混ぜ込む。決してかき混ぜないこと。

☞次のページに続く

オレンジグレーズ

粉砂糖……2カップ(200g)

オレンジの果汁……大さじ3(45ml)

バニラエキストラクト……小さじ1

すりおろしたオレンジの皮……1個分

▸**必要な器具**

- 直径25cmのシフォン型
  ハンドミキサー

7. スプーンで生地をすくい、シフォン型(油は塗らない)に流し入れる。パレットナイフで大きな泡をつぶし、表面をならす。オーブンで45〜50分焼く。

8. ケーキの表面にそっとさわり、弾力があれば焼き上がっている。表面がへこんで指のあとがつくようならオーブンの扉を閉めて5分焼き足し、もう一度チェックする。

9. オーブンミトンを使って型を取り出す。型を逆さにしてケーキクーラーの上に置き、そのまま1時間ほど冷ます。そのあいだにオレンジグレーズを作る。

10. **オレンジグレーズを作る：**小さめのボウルに粉砂糖とオレンジの果汁を入れる。バニラエキストラクトを加え、木べらでかき混ぜる。

11. すりおろしたオレンジの皮をグレーズに加え、木べらでかき混ぜる。

12. ケーキが冷めたら、型の側面と中央部分に沿ってパレットナイフを滑らせ、生地をはがす。型を逆さにしてそっと持ち上げ、ケーキをはずす。

13. スプーンでケーキの上面にグレーズをかけ、パレットナイフで端に向かって延ばし、そのまま側面にたらす。

14. ケーキを切り分けるとき、ナイフは使わない。その代わり、フォークを2本、背中合わせに持ち、切りたい箇所に差し込んでケーキをそっと引き裂くようにするとよい。

「楽しもうとかたく決心さえすれば
たいていいつでも楽しくできるのが、
あたしのたちなんです。
もちろん、かたく決心しなくちゃだめよ」

――アン・シャーリー、第5章

[『赤毛のアン』(村岡花子訳、新潮文庫)より訳文引用]

L.M.モンゴメリのキッチンで生まれたレシピ

Recipes from L.M. Montgomery's Kitchen

レイチェル・リンドのノースショア・フィッシュケーキ

✣**準備**:30分✣**総所要時間**:1時間15分✣**材料**:8個分

プリンス・エドワード島を訪れる理由はたくさんあります。シーフード、美しいビーチ、秘密の入り江、赤い砂岩の層。そして、ここが『赤毛のアン』のふるさとであることは言うまでもありません。

✣材料

マッシュポテト

ユーコン・ゴールド・ポテト……大きめのもの2〜3個(マッシュポテト2カップ、450g分)
バター……大さじ2(30g)
脂肪分2%の牛乳……¼カップ(60ml)

フィッシュケーキ

真だらもしくは小だら……1〜2切れ(調理したものを400g)
水
卵……2個
玉ねぎ……小さめのもの1個、みじん切りにする
ディジョン・マスタード……大さじ1(15ml)
塩……好みで
黒こしょう……好みで
生パン粉……½カップ(30g)
植物油……大さじ1〜2(15〜30ml)、もしくはバター(15〜30g)
くし形切りにしたレモン……盛りつけ用に数個

1. **マッシュポテトを作る**:じゃがいもは皮をむき、小さく切る。中くらいのソースパンにたっぷりの塩水を入れ、じゃがいもをゆでる。フォークがすっと刺されればゆで上がっている。湯を切り、なべにバターと牛乳を加え、ポテトマッシャーでじゃがいもをつぶしておく。

2. **フィッシュケーキを作る**:中くらいのフライパンに魚を入れ、かぶる程度に水を注ぐ。フォークで身がほぐせるくらいまで魚を煮たら、1のマッシュポテトに加え、混ぜ合わせる。

3. 小さめのボウルに卵を割り入れる。卵、玉ねぎのみじん切り、ディジョン・マスタード、塩、黒こしょうを2に加える。すべての材料を混ぜ合わせる。

4. 3をホッケーのパックくらいの大きさ[直径7.5cm、厚さ2.5cmほど]に丸め、形を整える。

5. 天板にパン粉を広げ、フィッシュケーキの両面にまぶす。

6. 大きめのフライパンに植物油を入れ、こんがりきつね色になるまでフィッシュケーキを焼く。

7. くし形に切ったレモンを添え、焼きたてを食卓へ。

火と露のベイクド・スイートポテト

✣**準備**：10分✣**総所要時間**：1時間10分✣**材料**：4個分

天空の導きの星が汝の運命を定め、活気と火と露もて汝を創り給いし

――L.M.モンゴメリのお気に入りの詩、ロバート・ブラウニングの「エヴリン・ホープ」より

[『赤毛のアン』(村岡花子訳、新潮文庫)より訳文引用]

✣材料

さつまいも……適度な大きさのもの2個

バター……大さじ1(15g)、それ以外に表面に塗る分とトッピング用を適量

脂肪分2%の牛乳……大さじ2(30ml)

卵……1個、溶きほぐしておく

塩……好みで

黒こしょう……好みで

1. オーブンを200度に予熱する。

2. さつまいもをよく洗い、天板に置く。オーブンで約40分、つぶせるくらいやわらかくなるまで焼く。オーブンミトンを使ってさつまいもを取り出す。オーブンはまだ消さないこと。

3. さつまいもを縦半分に切る。

4. 皮を破らないようにしながら、さつまいもの中身をすくい出し、小さめのボウルに入れる。皮は捨てずに取っておく。さつまいもにバターと牛乳を加え、よく混ぜ合わせる。さらに溶き卵を切るように混ぜ込み、塩、黒こしょうで味を整える。

5. 残しておいた皮に4を詰めて天板に並べ、表面にバターを塗る。

6. オーブンで15～20分、火が通り、表面に少し焦げ目がつくまで焼く。

7. バターを少量トッピングし、焼きたてをテーブルへ。

グリーン・ゲイブルズのシェパードパイ

✣**準備**:15分✣**総所要時間**:1時間30分✣**材料**:4〜6人分

昔、この料理はロースト肉の残り物を利用して作っていました。シェパード[羊飼い]パイと呼ばれるのは、もともと、羊の世話をしていた農家の人たちの手に入りやすいラム肉で作っていたからです。

✣材料

ユーコン・ゴールド・ポテト……中くらいのもの4個
バター……大さじ1(15g)、それ以外に散らす分を適量
脂肪分2%の牛乳……大さじ2(30ml)
植物油……大さじ1(15ml)
玉ねぎ……中くらいのもの2個、みじん切りにしておく
牛ひき肉……450g
ウスターソース……小さじ1
ビーフストック・キューブと水
グレイビーソース・ミックス……(クノール、マコーミック、ビスト等の)顆粒・粉末タイプを大さじ2
冷水……¼カップ(60ml)
冷凍ミックスベジタブル……1カップ(225g)
塩……好みで
黒こしょう……好みで

▸必要な器具

- 容量1.5Lのオーブン皿もしくはキャセロール

1. オーブンを180度に予熱する。
2. じゃがいもは皮をむき、小さく切る。中くらいのソースパンにたっぷりの塩水を入れ、じゃがいもをゆでる。フォークがすっと刺さればゆで上がっている。湯を切り、なべにバターと牛乳を加えたら、ポテトマッシャーでじゃがいもをつぶしておく。
3. 大きめのフライパンで植物油を熱する。玉ねぎを加え、しんなりするまで炒めたら、牛ひき肉を加え、木べらでほぐしながら、焼き色がつくまで炒める。ウスターソースを加え、混ぜ合わせる。
4. グレイビーを作る。3にビーフストック・キューブを加え、パッケージの指示どおりに必要な分量の水を入れて15分加熱する。
5. 小さめのボウルでグレイビーソース・ミックスと冷水を混ぜ合わせる。それを4のフライパンに少しずつ加え、とろみがつくまでかき混ぜる。
6. 冷凍のミックスベジタブルを加え、塩こしょうをして混ぜ合わせる。
7. 余分なグレイビーをフライパンからすくい、別の器に取っておく。
8. 容量1.5Lのオーブン皿に調理した肉を移し、2のマッシュポテトを重ねて広げる。その上に小さくちぎったバターを散らし、オーブンで30分焼く。焼き上がったらオーブンミトンを使って皿を取り出す。
9. 取っておいたグレイビーを添え、焼きたてを食卓へ。

キャヴェンディッシュ・ケチャップ

✣**準備**：20分✣**総所要時間**：2時間✣**材料**：1½カップ（360g）分

『赤毛のアン』シリーズに登場するアヴォンリーの街は、L.M.モンゴメリの故郷、プリンス・エドワード島の北海岸に位置する美しい田園地帯、キャヴェンディッシュがもとになっています。

✣**材料**

トマト……プラムぐらいの小ぶりのもの12個
玉ねぎ……小ぶりのもの1個、みじん切りにする
ブラウンシュガー……しっかり詰めて¾カップ（170g）
ホワイトビネガー……1カップ（235ml）
塩……大さじ1（15g）
粉マスタード……小さじ½
粉末シナモン……小さじ1
粉末パプリカ……小さじ½

1. 中くらいのソースパンで湯を沸かす。よく切れる果物ナイフでトマトの底に十文字の切れ目を入れる。
2. 沸騰した湯にトマトをひたす。穴あきレードルを使って1個ずつ30秒ほどひたし、皮がめくれてきたらまな板にのせ、そのまま冷ます。
3. トマトが冷めたら皮をむき、細かく刻む。
4. トマト、玉ねぎ、ブラウンシュガー、ビネガー、塩、マスタード、シナモン、パプリカを中くらいのソースパンに入れ、火にかける。煮立ってきたら弱火に落とし、半量になるまで1時間ほどことこと煮詰める。
5. 火を止めてそのまま冷ます。
6. 「マシュウ・クスバートのおいしいビスケット・サンドイッチ」（59ページ）に添えて食卓へ（写真は58ページ参照）。
7. ケチャップは密閉容器に入れて、冷蔵庫で8週間まで保存できる。

MENU

謝　辞

本書を世に出すにあたり、ご尽力、お力添えいただいたサリー・キーフ・コーエン氏に心よりお礼を申し上げます。また、ジェニーン・ディロン氏をはじめとするレース・ポイント・パブリッシングのチーム、エリン・カニング、メリデス・ハート、ジェン・コリアントリーの各氏にも感謝の意を表します。そして最後に、『赤毛のアン』の料理をこのようによみがえらせてくれたフォトグラファーのエヴィ・アベラー氏、フード・スタイリストのミカエラ・ヘイズ氏にも感謝を申し上げます。

著者について

　食品と栄養の分野で大学の学位を持つケイト・マクドナルドは、『The Anne of Green Gables Cookbook（L.M. モンゴメリの「赤毛のアン」クックブック）』に特別な思い入れがあります。というのもケイトは、L.M. モンゴメリの末息子である故スチュアート・マクドナルド医師と、ルース・マクドナルドとのあいだに生まれた娘であり、モンゴメリの孫にあたるのです。

　ケイトは、L.M. モンゴメリに関連する調査およびプロジェクト全般を管理する〈L.M. モンゴメリ相続人会社〉の代表を務めています。また〈オンタリオ州 L.M. モンゴメリ協会〉の後援者でもあり、〈プリンス・エドワード島 L.M. モンゴメリ遺産協会〉、〈赤毛のアン・ライセンス局〉の理事会メンバーでもあります。なお、〈赤毛のアン・ライセンス局〉のトロント・オフィスはケイトが運営しています。

L. M. モンゴメリについて

L.M.(ルーシー・モード)モンゴメリ(1874–1942年)はプリンス・エドワード島のクリフトン(現在のニュー・ロンドン)で生まれました。わずか1歳9か月で母親を結核で亡くし、モンゴメリはキャヴェンディッシュで暮らす母方の祖父母に預けられます。

想像力豊かな子どもだったモンゴメリは9歳で詩を書き始め、日記もつけ始めました。作品が初めて発表されたのは16歳のとき。プリンス・エドワード島の新聞に「On Cape LeForce(ル・フォース岬にて)」と題する詩が掲載されました。モンゴメリは教師の資格を取得するため、プリンス・ウェールズ・カレッジに進学、2年の課程を1年で修了し、優秀な成績を収めました。

モンゴメリはプリンス・エドワード島の3つの学校で教えましたが、その間に1年ほど教職を離れ、ノヴァ・スコシア州ハリファックスにある、当時としては珍しく女性を受け入れていたダルハウジー大学に通いました。1898年、モンゴメリの教師生活は突如、終わりを告げます。祖父が亡くなり、祖母の面倒を見るためキャヴェンディッシュへ戻ることになったのです。祖母の面倒を見ていた13年間で、モンゴメリは執筆で収入を得られるようになっていきます。

『赤毛のアン』は1905年に完成しましたが、モンゴメリはいくつもの出版社から不採用の通知を受け取りました。それから2年ほど原稿をしまい込んでいたものの、再び出版社を探し、1908年、ついに米国マサチューセッツ州ボストンのペイジ社が本を出してくれることとなり、『赤毛のアン』は大好評を博したのです。

1911年に祖母が亡くなり、その後、モンゴメリはユーアン・マクドナルド牧師と結婚します。といっても、ふたりは1906年にひそかに婚約はしていました。結婚後、モンゴメリはプリンス・エドワード島を離れ、長老派教会の牧師であった夫の赴任地、オンタリオ州で暮らしており、島には休暇で訪れるだけでした。夫妻は3人の息子、チェスター(1912年)、ヒュー(1914年、出産後すぐに死亡)、スチュアート(1915年)をもうけています。モンゴメリは長い年月、家事を切り盛りしながら執筆活動を続けました。

モンゴメリはプリンス・エドワード島キャヴェンディッシュの墓地に眠っています。

30代のL.M. モンゴメリ、1904年

索引

な

最後にうれしそうに、

「とてもすばらしかったわ。

あたしの生涯で画期的なことになると思うの。

でもいちばんよかったことは

家へ帰ってくることだったわ」

——アン・シャーリー、第29章

［『赤毛のアン』（村岡花子訳、新潮文庫）より訳文引用］